THE WIND BLEW SOFTLY
THROUGH THE TREES

THE SUN SET DOWN TO
BED

THE BACK DOOR'S OPEN
JUST AJAR

WHEN AROUND POPS A
JET BLACK HEAD

NEIL FROM NUMBER
THIRTY-THREE LIKES
TO COME AND VISIT ME

WHEN I'M COOKING OR
CLEANING AT NIGHT.

HE ENTERS MY HOUSE
WITH CONFIDENCE
HIS EYES GLISTENING
GREEN AND BRIGHT.

I TICKLE HIS HEAD
BUT I'M READY FOR BED
SO I TELL HIM HE CAN'T
STAY IN.

I STROKE HIS BACK
CLOSE THE DOOR WITH
A CLACK
AND WAVE GOODBYE
WITH A GRIN.

MORNING COMES ROUND
AND GUESS WHAT I FOUND
NEIL BY THE MILK AT
THE DOOR.

I PICK THE MILK OFF
THE MAT
STEP ASIDE FOR THE CAT
AND NEIL'S ON MY
LIVING ROOM FLOOR.

AND SO I GIVE IN
I TICKLE HIS CHIN
GRAB SOME CHICKEN
FRESH FROM THE FRIDGE

I GUESS I DON'T MIND
HE'S CUDDLY AND KIND
AHHH I LIKE IT
WELL JUST A SMIDGE

THANK YOU TO NEIL FOR
THE SMILES HE BRINGS
TO OUR LIVES WITH HIS
IMPROMPTU DROP IN'S.

THANK YOU TO HIS OWNERS
FOR SHARING HIS LIFE
WITH US.

WORD SEARCH

T	H	I	L	P	C	A	L
O	H	S	N	M	A	T	I
I	G	R	F	I	T	N	E
D	K	M	E	Y	E	S	N
O	L	I	K	E	C	S	N
O	B	L	U	E	P	U	O
R	X	K	N	E	I	N	A
Q	U	T	H	I	R	T	Y

- CAT
- DOOR
- EYES
- LIKE
- MAT
- MILK
- NEIL
- SUN
- THIRTY
- THREE

SPOT THE 6 DIFFERENCES

ANAGRAM SOLVER

T A C = ☐ ☐ ☐

N G I R = ☐ ☐ ☐ ☐

K I L M = ☐ ☐ ☐ ☐

L E I N = ☐ ☐ ☐ ☐

P T S E = ☐ ☐ ☐ ☐

C L A B K = ☐ ☐ ☐ ☐ ☐

N E E R G = ☐ ☐ ☐ ☐ ☐

S I T V I = ☐ ☐ ☐ ☐ ☐

MAZE

WHAT MAKES 33?

A. $11 \times \boxed{} = 33$

B. $5 + 10 + \boxed{} + 8 = 33$

C. $30 + \boxed{} - 2 = 33$

D. $16 \times \boxed{} + 1 = 33$

E. $\boxed{} + 25 = 33$

F. $8 + \boxed{} + 4 + 10 = 33$

G. $\boxed{} - 12 = 33$

H. $10 + 10 + \boxed{} + 3 - 2 = 33$

DRAW YOUR FAVOURITE CAT!

ANSWERS

WORD SEARCH

T	H	I	L	P	C	A	L
O	H	S	N	M	A	T	I
I	G	R	F	I	T	N	E
D	K	M	E	Y	E	S	N
O	L	I	K	E	C	S	N
O	B	L	U	E	P	U	O
R	X	K	N	E	I	N	A
Q	U	T	H	I	R	T	Y

SPOT THE 6 DIFFERENCES

ANAGRAM SOLVER

T A C	=	C A T
N G I R	=	G R I N
K I L M	=	M I L K
L E I N	=	N E I L
P T S E	=	S T E P
C L A B K	=	B L A C K
N E E R G	=	G R E E N
S I T V I	=	V I S I T

MAZE

WHAT MAKES 33?

A = 3 , B = 10 , C = 5 , D = 2 , E = 8 , F = 11 , G = 45 , H = 12

Printed in Great Britain
by Amazon

79637379R00016